KB203385

너는 나의 모든 사랑이야기

사랑은 강아지 모양

너는 나의 모든 사랑이야기

사랑은 강아지 모양

글·그림 **유링**

마음의숲

작가의 말

나에게 사랑은 언제나 어려웠다. 길가의 작은 들풀을 사랑하고 긴 겨울 끝에 피어나는 초록내음도 사랑하지만, 누군가를 깊이 사랑하는 마음은 정의하기 어려웠다. 그런데 이 작은 강아지를 반려하면서 사랑이란 무엇인지 이제는 어렴풋이 알 것만 같다. 봄이 오면 흐드러지게 핀 벚꽃 사이를 같이 걸어가고 싶은 마음, 뜨거운 아스팔트가 아닌 보드라운 흙길을 딛게 해주고 싶은 마음, 내가 가진 제일 예쁜 것을 주고 싶은 마음, 그리고 내 생을 나누어 주더라도 조금 더 함께하고 싶은 마음. 이 마음들은 강아지를 사랑하는 마음인 동시에, 이 세상 존재하는 무언가를 깊이 사랑하는 마음인 것을 깨달았다.

사랑에는 다양한 모양이 있다. 따듯한 창가 자리에서 낮잠자는 고양이의 모양일 수도, 어린아이의 웃음소리일 수도, 굳은살이 박인 아버지의 단단한 손일 수도 있다. 이 책은 나에게 다가온, 강아지 모양의 사랑에 대한 이야기다. 보고만 있어도 마음

이 행복해지고 웃음이 나는 강아지라는 존재에게 '사랑'이라는 글자만큼 어울리는 단어가 또 있을까? 우린 때로는 그 사랑에 기대어 고단한 하루를 살아내고, 그 위로로 삶을 버티어 내기도 한다. 나는 그런 마음을 너무나 잘 알고 있다.

이 책의 주인공은 나와 코코다. 코코는 언제나 나에게 사랑을 주고 위로를 주는 우리 가족의 사랑스러운 막내딸이다. 강아지별로 여행을 떠난 삐삐도 등장한다. 나는 어린 시절부터 함께한 반려견 삐삐에게 셀 수 없이 많은 사랑을 받았다. 늦게 퇴근하시던 부모님을 기다리는 어린 내 옆을 지켜주었던 것도, 항상 외롭던 내 곁을 함께 해주었던 것도, 햇살 가득한 봄날에 웅크리고 있던 나를 빛 속으로 나아가게 만든 것도 모두 삐삐였다. 삐삐에게 얼마나 많은 사랑을 받고 큰 위안을 받았었는지 삐삐가 떠난 뒤에야 알게 되었다. 나는 삐삐에게 받은 사랑을 갚는다는 마음으로 그림을 그린다. 그리고 그 마음으로 코코에게 사

랑을 준다. 사랑하는 존재가 세상을 떠난다는 것은 여전히 두렵고 무섭다. 하지만 남겨진 사랑이 또 내 삶을 앞으로 나아가게 한다는 것을 이제는 안다.

만화를 그려나가는 건, 때로는 용기가 필요한 일이었다. 코코를 반려하며 느끼는 이별에 대한 두려움, 떠나간 삐삐에 대한 미안함처럼, 내가 숨기고 싶은 어두운 감정을 드러내는 일이기도 했다.

하지만 나의 이야기가 이 세상 속 누군가를 사랑하는 이들의 마음에 위안이 될 수 있다면, 그것만으로도 내가 그려야 할 이유는 충분하다. 나의 이야기는 반려인 모두의 이야기가 될 수도 있지 않을까? 그리고 더 나아가 누군가를 사랑하고 이별하는, 우리 모두의 이야기가 될 수도 있을 것이다.

그리고 나는 알고 있다. 나의 이런 일들은 내가 강아지들에게 받은 사랑을 되돌려 줄 수 있는 하나의 방법이라는 것도 말이다. 이별이 다가오더라도 용기 내어 사랑을 하는 모든 사람이 행복하길 바라는 마음으로, 나는 언제까지나 그림을 그릴 거다. 이것은 내 삶의 소명이다. 그러니, 난 강아지를 사랑하는 당신이 행복했으면 좋겠다. 무언가를 사랑하는 당신의 삶이 행복했으면 좋겠다.

강아지의 사랑에 풍덩 뛰어드는 용기 있는 선택을 한 당신은, 정말이지 행복할 자격이 있다.

2024년 오월의 봄날,

코코언니 유링

차 례

1

너와 함께하는 일상

2

네가 준 사랑의 조각들

3

나를 살리는 너라는 존재

4

우리는 꼭 다시 만나

반짝이는 우리의 사랑들

일러두기

작가의 문체, 강아지 화법의 말맛을 살리고자 어법에 맞지 않는 표현이 다소 나올 수 있습니다.

저는 언니의

하나뿐인 동생 코코예요

울 언니는 지금 모하고 있을까요?

프롤로그

너와 함께 살아간다는 건

이 삶을
사랑하는 일이었다

이 세상에 홀로 남아있다고 느꼈던
참 외로웠던 순간에도

난 널 사랑하는 일들로
그 시간들을 버텼다

마음의 문을 꽁꽁 닫고
구석으로 숨어들었을 때에도

너는 내가 이 삶에서
유일하게 사랑하는 존재였다

코코는
들어와

너라는 사랑을 지키고 싶어서,
난 고단한 하루하루를 살아낼 수 있었어

코코가 언니
기다린다
코코!

네가 없었다면,

어쩌면 내 삶도 없었을지 몰라

너는 내 삶의 모든 이야기

너는 나의 모든,

사랑이야기

사랑해

1

너와 함께하는 일상

#01

너와 함께하는 일상

너라는 존재가 없던 날이 기억나지 않아

어쩌면 내 하루는 더 바빠지고
피곤해진 것 같기도 해
집에 가면
목욕 시키고
닭가슴살
건조기 돌려야지
공 던져주기
백 번도 해야 해!

난 알고 있어,
너와 함께하는 날이
항상 행복하지는 않을 거라는 걸
뭘 먹었길래
토하는 거야?

아니, 어쩌면 큰 슬픔과
감당하지 못할 괴로움이 나를 덮칠지도 몰라

병원 문 닫기 전에
가야 해

너의 존재는 그저 그런 평범한 일상이 되고,
이런저런 핑계로 너를 외롭게 할지도 몰라

너와의 날들이 앞으로 어떻게 흘러갈지
모두 알 수는 없지만, 그래도 너에게 약속할게

산책가자!
언니다!

너의 하루들에
나는 언제나 함께 할거라고,

같이가!

어떤 순간에도 널 포기하지 않고 지켜주겠다고,
네 평생에 하나뿐인 세상이 되겠다고 약속할게

나 아무 데도 안가
같이 가야지!
혼자 가면 어떡해

그러니까 부족한 내 곁이어도..
오래오래 내 옆에 있어줘

웅!
어디 가지 말고
내 옆에 딱 붙어 있어

내 아가,

기어이 오래오래 살아줘

#02

너와 함께하는 일상

너와 함께하느라 포기한 것들

그런 게 있어?

온 가족이 떠나는 해외여행은 갈 수 없어

간다
물 자주
갈아주고!
코코 밥
잘 챙겨줘!
걱정 마

대리석 반짝이는 럭셔리한 호텔보다
마당이 있는 숙소가 좋아

코코
잘 뛰네

따끈한 침대 가운데 자리도
항상 너에게 양보해

담 걸릴 것 같아

빨래를 정리하기도 힘들어
보송하게 마른 이불은 갤 수 조차 없다니까?

꺄륵
또 시작이네 ㅋㅋ

피곤해도 나가야하는 밤 산책,
선물 받은 좋은 향수는 뿌릴 수 없지
쳐다보는 네 눈빛에 맘 편히 밥 먹기도 어려워

왜 귀가
간지럽지?

그래도 난 지금이 더 행복해
너를 위해서는 어떤 것도 포기할 수 있어

너무 추운데
들어가면 안돼?
안돼!

네가 주는 행복이 훨씬 더 크니까,
너와의 일상이 무엇보다 소중하니까 말야

보리차가
먹고 싶었어?
찹찹

어쩌면 나는 너를 위해 포기한 건 없어
이 모든 건 널 위해, 내가 선택한 것들이야

이 모든 것들을 선택했기에,

너라는 행복이 나에게 왔어

#03

너와 함께하는 일상

너는 나에게 이유를
만들어 준다

자꾸
만지고 싶은
이유는 뭘까
만질 거면
간식

집에 빨리 들어가야 하는 이유

오늘 일찍
가네
강아지가
기다려요

내가 건강해야 하는 이유
언니 빨리 좀
올라와
너는 네 발로
올라가잖아

내가 행복해야 하는 이유

언니가 울면
나도 슬퍼

내가 살아야 하는 이유

밥죠

비가 와서 축축하게 젖은 날에는
더 빨리 집에 들어가고 싶은 이유가 있다

하늘에
구멍 났나

방금 햇빛 속에서 걸어 나온 것 같이
보송보송하게 반겨주는 네가 있으니까
언니 오다가
물에 빠졌어?

하루가 축축하게 가라앉는 듯 힘들어도
우리에겐,
하루만큼의 보송보송함이 남아 있다

보송보송
파워 업!

나를 뽀송하게 말려주는 너는,
나에게 봄날의 햇살 같은 강아지

내가 그렇게
좋아?
부비적
부비적

네 덕분에 참 보들보들한 밤,

나의 오늘 밤도 안녕한 이유

내 마음에
곰팡이 따윈 없다!
멍밤!

#04

너와 함께하는 일상

너랑 있으면 참 소란스러워

우리 가족은 말이 없는 편인데 말야,

모두 너에게 이야기를 하고 있어

코코야
아빠 나와서
식사하시라고 해라
코코 사랑해~
코코야
밖에 비온다
코코 언니한테
목욕시켜 달라고 해

너 때문에 조용할 날이 없는 것 같기도 해

코코가
반찬 먹었다!
양파 안 들어가서
괜찮아

그런데 있잖아,

그런 소란스러운 하루들이 참 좋아

정말?

네 덕분에 집안에 따스한 온기가 더해지고

따끈한 자리 조아

기억하고 싶은 즐거운 시간들이 더 많아졌어

롱다리 코코~
언니한테 보내주자

네가 주는 위안도
더 많이 나누게 되었지
따끈한 멍멍이 핫팩
대령이오~

너로 인해 우리의 하루는
조금 더, 따듯해져

엄마 아파서
코코가 왔어?

너는 참 다정하고 소란스러운,

행복이야

#05

너와 함께하는 일상

나 이 사랑을 받아도 될까?

나만 바라보는 네 사랑에 미안할 때가 있다

이거 다 언니꼬야!
정말?

나는 있잖아, 내 마음을, 내 시간을
온전히 너에게만 줄 수가 없어

언니가 오늘 바쁜가봐!

근데 왜 너는
나에게 그 마음을 다 주는 거야?

언니 기다리다
잠든 거야?

이 불공평하게도 벅찬 네 사랑을
내가 받아도 되는 걸까?

언니
기다렸어!

내가 어떤 모습이든 내가 너에게 소홀해질지라도

언니 어디가?

같이 해줄 수 있는 게
어두운 밤 산책뿐 일지라도

미안해
너무 늦었지
밤 산책 조아!

넌 나를 여전히 한결같이 사랑해

난 언니랑 함께라면
다 조아!

오늘도 너에게 너무나 큰 사랑을
받아버린 나는

사랑이
너무 많아!

너에게 약속할게,

너를 더 많이 사랑하겠다고

이거도
언니꺼야!
고마워
코코야

#06

너와 함께하는 일상

너라는 강아지가 나에게 온 건

너라는 세상이 나에게 안긴 걸지도 몰라

초록초록한 나뭇잎 향기, 촉촉한 흙길,

이 작지만 소중한 너의 세상이

나에게 온 걸지도 몰라

흙바닥에
뒹굴어써

우리는 때로 홀로 있다고 생각해,
살아가는 게 참 막막해질 때도 있어

중요한 어떤 것을
놓치면서 살아가기도 해

시간이 벌써
이렇게 됐네

그런데 네가 나에게 다가와
말해주는 것만 같아

내가
보물들 가지고 왔어

이 세상은 나를 사랑하고 있다고,
작고 평범한 것일지라도 나를 사랑하고 있다고 말야

솔방울도
있네
산책길에서
주워와써

네가 있기에, 모든 것은 이토록 사랑스러워

그냥
나뭇가지인데
귀엽다

너와 함께 할 수 있는
이 평범한 일상이 내 세상이라 감사해

저기 가면
나뭇잎이 엄청 많아~

너라는 세상에 고마워

#07

너와 함께하는 일상

우리에겐
몇 번의 계절이 지나갔다

오다가 주웠어

햇살이 온통 강아지 꼬리 같이 살랑이던 봄

이쁘지?

너와 나의 모든 여름날이었던
늦은 저녁의 산책길

물들어가는 단풍 아래,
차가워지는 공기가 아쉬웠던 가을

나뭇잎이
노랗게 변했어!

갑자기 맞이한 첫눈처럼
뜻밖의 잔잔한 행복을 기다리던 겨울

너의 시간이 이 모든 계절에 더 오래오래 머물길

언니는
꽃을 좋아하는구나

그리 대단하지 않은, 그 사소한 일상들을
더 오래오래 너와 함께하고 싶어

우와!
여긴 꽃이 엄청 많아!

우리에게 몇 번의 계절이 남아있을지 알 수는 없지만

코코
어디 갔어!

결국 우린 언제나처럼 서로의 곁에 있을거야

여기있어!
코코!

끝나지 않을 것 같던 겨울이 가고,
기어코 찬란한 봄이 오는 것처럼

봄 조아
언니만큼 조아

#08

너와 함께하는 일상

난 혼자 있는 걸 좋아한다

혼자가 좋아도
넌 포기 못해
내려놔라

누군가를 만나 대화하는 것보다
고요한 나만의 시간이 좋다

방구석에서
그림 그리는 게
제일 좋아

그래서 때때로 누군가를 만나
대화를 하면 종종 힘들 때가 있다

으아아!
안 해도 될 말했어!
바보 같이 오바했어!!
아으으!!
왜 또 저래..

이렇게 대화에 서툰 나지만
그럼에도 불구하고 좋아하는 대화가 있다

그건 바로,
강아지를 키우는 사람들과의 대화

엇 지난번에 본
몽이다!

자연스럽게 오고 가는 서로의 안부,
무해하고 진심 어린 따듯한 대화들

몽이 피부 괜찮아졌어요?
코코 오늘도 숨었어?
쟤 솜사탕이야
뭐야..

강아지를 키우며 알게 되었다
나도 하고 싶은 대화가 있고
먼저 말 걸고 싶은 사람들이 있다는 걸

몽이 또 만나!
코코 안녕!
흠..

안부를 묻고 싶은 궁금한 사람이 생기고
내 삶에 사랑하는 존재들이
더 많아졌다

산책하며 자주 보던
까만 멍멍이는
요즘 잘 안 보이네

혹시.. 몽이는
솜사탕이 아니라
구름인가 설마?

덩그러니 나 혼자일 뻔한 세상에
네가 들어와, 없던 길을 만들었다

돌밖에 없는데
뭐하는 거야?
꽃씨나 뿌려줘

그리고 난 지금, 그 예쁜 길을 걸으며

사람들 안에서 살고 있다

솜사탕이
곰하고 같이 왔어!

#09

너와 함께하는 일상

생각해 보면 참 신기해

언니한테
점푸 점푸!!

우리는 어떻게 만난 거지?

어떻게 네가 내 강아지가 되고,
나는 너의 언니가 된 걸까?

언니 조하

너는 왜 내가 제일 좋아하는
연한 갈색의 강아지인 거야?

내가 좋아하는
커피우유 색깔!

너는 왜 자꾸 만지고 싶은
복슬복슬 곰돌이 털을 가진 거야?

HUNNY

너는 왜 나에게 이렇게나 많은
사랑을 주는 거야?

너는 세상 어디에도 없는
유일한 내 강아지,

나는 그런 너의 하나뿐인 언니

나 좀 꺼내죠

나의 한 번뿐인 인생에

하나뿐인 너라는 강아지가

나에게 왔다

이 달콤한 기적이 나에게 왔다

#10

너와 함께하는 일상

너와 함께 살아가는 건

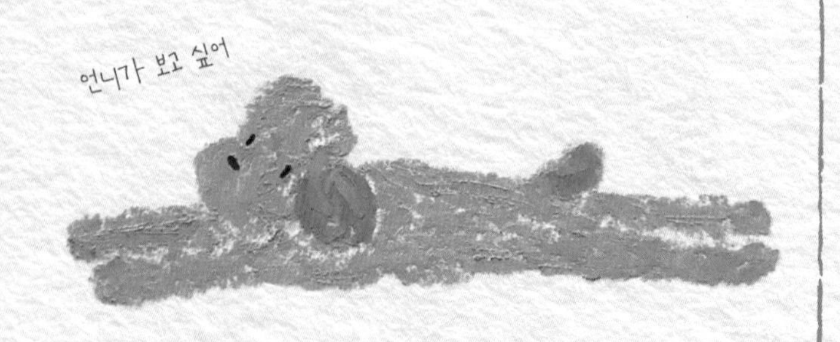
언니가 보고 싶어

나의 일상을 끊임없이 궁금해하고,
나만 바라보고 기다리는 누군가 있다는 것

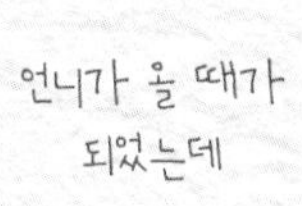
언니가 올 때가
되었는데

너는 단 하루도 날 향한 마음이
변한 적이 없어

언니가 조아!

너는 늦은 밤,
날 기다리는 유일한 존재가 되기도 하고

코코가 기다리니
빨리 가야 해!

단조롭게만 흘러가는 내 일상을,
너는 언제나처럼 항상 궁금해하지

코코야
하나씩 물어봐
언니 오늘 왜 늦었어?
나 보고 싶었어?
오늘 모 먹었어?

너는 나의 게으른 주말 오후의
유일한 약속이 되고

오늘은 집순이 언니
산책시켜 주는 날!

내가 끝까지 지켜주고 싶은
나의 하나뿐인 소망이 되기도 해

예쁜 꽃아
오래오래 피어줘

이런 너의 마음은 나를 구해주는 것만 같아
내 일상을, 내 삶을 말야

언니랑 하고 싶은
목록을 적어야겠어!

날 언제나처럼 기다리는 너의 존재는
내가 하루를 살아갈 힘이 돼
만약 너에게도 내가,
너를 살게 하는 세상이라면

이거는 꼭
같이 해줘야 해!

우린 서로의 생이야,

서로의 구원이야

오래오래 함께하기
들어줄 거지?
그럼! 당연하지

#11

너와 함께하는 일상

넌 나를 항상 기다린다

모두가 잠든 불 꺼진 현관 앞에서
내가 오기만을 기다렸고,
네 털에 얼굴 부비며 게으름 피우는
내 주말 아침을 기다렸다

긴 출장이 계속될 때는
내가 집으로 오길 기다렸다

언니 집엔 언제 와?
코코야
조금만 기다려줘

갈수록 많아지는 삶의 역할들 속에서
너의 언니로서의 나는 자꾸만 뒤로 밀려난다,
나는 너에게 조금만 더 기다려 달라고만 한다

언니가
언제 올까?

너를 볼 때마다
네 모습에서 지나버린 시간이 보일까 두렵다
내가 없이 흘러가 버렸을 너의 시간들

지금까지 살면서

아무것도 바라는 게 없었던 내가

처음으로 욕심내서 원하는 게 있다면,

이거 언니랑
같이 잤던 이불!

너의 시간이 그 무엇보다 천천히 흐르길,

할 수만 있다면 내 남은 삶의 시간을 떼어내

너에게 주고 싶어

언니 냄새 조하

손에 잡히지 않는 시간들 속에서
내가 유일하게 할 수 있는 일은
너를 더 많이 사랑하는 것

이불 여기 있었네!

여전히 나를 열심히도 기다리며 사랑해주는,
내 바보 같은 강아지를 더 많이 사랑하는 것

언니 보고 싶어..

그러니까 우리,

더 많이 사랑하자

네 안에 날 향한 그리움이 아닌,

사랑이 가득 흘러 넘치게

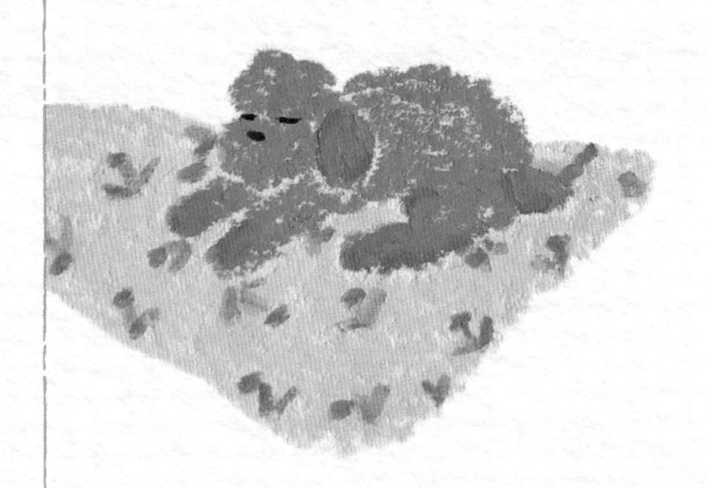

2

네가 준 사랑의 조각들

#12

네가 준 사랑의 조각들

우리집 위층엔 아주 귀여운 생명체가 살아요

처음에 만났을 때 너무 귀여워서
붙잡고 인사하고 싶은 마음이 솟구쳤죠

인사하고 싶다
말 걸고 싶다
격렬하게
아는 척하고 싶다

결국 어색한 적막을 깨고 말을 걸었어요

질문 폭격기
너무 귀여워요 ㅠㅠ
몇 살인가요?
살짝 쓰다듬어도 될까요?
아가야
너 너무 이쁘다아

그 후에 또 오랜만에 만나게 되었는데
많이 컸더라구요

앗!

이젠 저에게 손을 흔들며 인사도 해준답니다

안녕하세여?
저 마니 자랐져?

포실포실한 털, 촉촉한 콧망울..
그 강아지를 만난 날엔 마음 한구석이
따듯해지는 것 같아요

내일도 만나고 싶다
너무 사랑스러워
자꾸 생각나

이렇게 금방 사랑에 빠지게 할 수 있다니
정말 강아지들은 대단해요!

사료
모 먹고
이렇게 귀엽냥

있잖아요

사랑은 숨길 수가 없어요

특히, 이렇게 소중하고 사랑스러운..

세상 무해한 생명체한테요

심장을 아프게 하니 유해한 건가

아무래도

사랑은 강아지 모양 같아요

#13

네가 준 사랑의 조각들

너를 사랑해서

이 세상에서 사랑하는 게 많아졌어

햇살 좋은 날,
그늘이 드리워진 나무 아래도
시원해서 좋아

널 안았을 때 느껴지는
따듯한 온기도

따끈하네
우리 코코

집으로 가는 길 마지막 모퉁이도
사랑하게 되었지

여기만 지나면
코코가 있지~

그리고 너를 사랑해서,
나는 나를 사랑하게 되었어

나는, 나를 그토록 사랑하는
너의 전부니까

그 무엇도 할 수 없는
힘든 시간이 오더라도,
나는 나를 사랑해야만 해

나는 너의 전부니까,

이거 언니 선물이야

나는 너의 유일한 사랑이니까

난 언니가
이따만큼 좋아!

#14

네가 준 사랑의 조각들

강아지는 참 신기하다

보고 또 봐도
귀엽단 말이지
실컷 봐

계속 맡고 싶은 발 꼬순내,
계속 만지고 싶은 머리 터래기..
모두 다 이렇게 사랑스러울 수가 있나?

답답한 하루의 일상 속에서도

사무실
들어가자
점심시간은
너무 짧다..

강아지를 보게 되면 마음이 사르르 녹아내린다

우와
코코 닮았어!

행복하다.. 행복하다..
강아지를 보는 내 마음이 말한다

나 왠지,
점심시간이 끝났는데
슬프지 않아

이 세상 모든 곳에
신이 있을 수 없어서 엄마를 만든 거라면

엄마 조하

어쩌면 강아지는
행복을 멀리서 찾고 있는 우리를 위해
존재하는 거 아닐까?

세상엔 강아지들이 있다

이거 가져가
공짜야

그러므로 우린 이 세상에서
늘 행복할 만한 이유가 있다

내가 제일
아끼는 거야!
나 왜
제일 작은 거 줘?

우린, 절대로 불행할 수가 없다

니가 아끼는
솔방울과 나뭇잎!
고마우면
산책콜?

#15

네가 준 사랑의 조각들

사랑은 사랑을 데리고 온다

내 친구야
안녕!

사랑은 마치 솜사탕 같아서,
사랑하면 할수록 사랑이 불어난다

다 코코들인데?
내 친구들이야

너를 사랑하고 나니,
갈색 강아지들을 사랑하게 되고
총총거리며 산책하는 모든 강아지를
사랑하게 되었다

집에 안갈 거야!

햇살에 눈이 부신 아침도,
시원한 바람이 부는 오후도,
달빛 어스름한 밤도 사랑하게 되었다

우리는 때때로.. 무언가 되기 위해 애쓴다
더 나은 사람, 더 괜찮은 사람이 되려고

그런데 이렇게 사랑하는 하루들이라면,
난 무언가 되지 않아도 괜찮을 것 같아

나 그냥 이렇게
너랑 누워만 있어도
괜찮을 것 같아!!

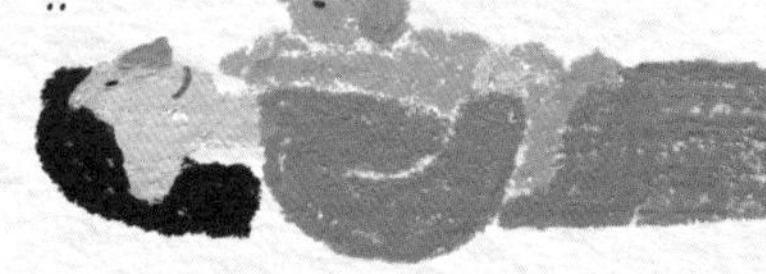
방 청소는 하자

그냥, 이렇게 너를 사랑하며 사는 게
내 삶의 모든 하루라도 난 좋을 것만 같아

너는 나에게 사랑을 준다

하트모양 물이야!
따듯하지?

폭 담기는 사랑,

머리부터 발끝까지 촉촉하게 스며드는 그런 사랑

나두
나 지금
너무 행복해

우리는 오늘도

그 사랑 안에 푸욱— 담겨서

사랑하고, 사랑하고,

또 사랑을 한다

오늘 목욕 끝!

#16

네가 준 사랑의 조각들

너랑 있으면
사랑한다는 말을 참 많이 해

너와 함께면, 사랑한다는 말도 많이 듣는 것 같아

감사합니다~
아이고 이뻐라
사랑해 아가~

생각해보니 나도 참 많은 강아지에게
사랑한다는 말을 자주 해
엄마 아빠에게는 잘 하지도 않으면서 말야

멍멍이들
모두 사랑해!

그러던 중, 문득 그 이유를 깨달아 버렸어
내 품에 쏙 들어와서 동그란 눈으로
나를 올려다보는
너란 존재

이건 분명 사랑이야

너의 모든 걸 전부 해석할 수 있다면,
분명 하루 종일 이렇게 말할 것 같아

언니가
집에 와서 넘 행복해
사랑해!
내일도 나랑
같이 있을거지?
사랑해!
언니랑 산책해서
너무 좋아!
사랑해!

그 넘치는 사랑을 끊임없이 받아버린 우리들은,
우리 강아지들에게도 사랑한다는 말을
쉽게 할 수 있게 된 게 아닐까?

언니 사랑해!
나도 사랑해!

그래서 우리는,
위로가 필요하고 사랑이 고플 때
그렇게 우리 강아지들의 털을
만지며 잠들었나 보다

어쩌면, 우리의 마음에는 사랑이 가득할 거다
마음 한 켠이 외로워지는 순간에도
우리 마음속엔 찰랑거리는
사랑이 분명 있다

이렇게나 열심히,

끊임없이 사랑한다고 말해주는

이 털뭉치들 덕분에

언니가 제일 좋아!
사랑해!

#17

네가 준 사랑의 조각들

넌 예쁜 말을 하게 해

난 분명 말이 없는 사람인데,

길가의 강아지를 마주치면 예쁜 말들을 하게 돼

아이고 예쁜 멍멍이~
우리 코코 닮았다

마음으로도 예쁜 생각을 하게 돼

어르신이구나
오래오래 함께하길

내 삶에 너라는 강아지 한 마리가 들어왔을 뿐인데

이 세상 강아지들이 전부 다 예쁘게 보여

반짝이는 햇살, 살랑이는 봄바람,

이 계절도 온통 너를 닮았어

너는 나의 예쁜 봄이야

먹는 거야?

너는 나의 어여쁜 꽃이야

내 예쁜 강아지야,

오늘도 사랑해

#18

네가 준 사랑의 조각들

내가 제일 좋아하는 시간은

너와 뒹굴거리는 주말의 오후

이불 밖은 위험해

눈부신 햇살을 이불 속으로 피해 보는
게으름뱅이들의 오후

응
일단 잘까?

너와 한껏 뒹굴거리며
몇 번의 낮잠을 자고 일어나,

코오—

햇살이 내려앉는 늦은 오후에
나가는 산책을 좋아해

나가자!

목적지도 없이 어디론가 가고 있는
이 시간이 오롯이 평온해

어제의 후회도 내일의 불안도 생각나지 않아
지금 이 순간의 우리만 있을 뿐

너는 내 낭만적인 우주 같아

이 우주에서 우리가 무언가를
꼭 해야 한다면

코코별이다!

그건 아마도,

낮잠 아니면 산책일 거야

#19

네가 준 사랑의 조각들

너랑 있으면

코코야
놀자~

나는 아이가 되는 것 같아

코코
어부바~

같이 있으면,

머리를 헤집던 생각들이 사라져버려

뒷모습이
고봉밥 같아

햇살이 좋고 너랑 걷는 게 좋아
단지 그뿐이야

나는 항상 생각했었어
어른이 되는 연습 없이,
어른이 되어버린 것 같다고 말야

그런 내가,
너를 통해 다시 아이가 돼

코코아~
오늘 무슨 일
있었냐면~
응! 말해봐

지금 이 순간이 행복하면 그 뿐이야
더 바라는 게 없어져

어쩌면 어른은,
모든 것에 단단해지는 것이 아니라

어떤 삶을 살아갈지라도,
기어코 작은 행복을 찾아내는 걸지도 몰라

멍멍이다!

내가 찾은
너라는 행복처럼

#20

네가 준 사랑의 조각들

네 이름은 하나가 아니야

난 코콘데?

목욕하고 나오면 몬나니가 되고

우리 몬나니~
물에 빠진 생쥐다

기다란 다리로 쭈욱- 기지개를 켜면 쭉쭉이로 불리지

우리 쭉쭉이 코코~ 쭉코!!

털이 마구 자라서 빗질이 필요한 날이면 걸코라고 불려

꺄!! 걸코가 나타났다!!
(걸코: 대걸레 털 모양+코코 합성어)

식탁 위로 올라와 반찬을 훔쳐 먹으면 전코코가 되고

전코코!!!!! 내려가!!
(코코의 성은 전씨입니다)

네가 너무 귀여운 순간엔 내 혀가 짧아지는 것만 같아

꼬꼬~
꾸꾸리~
꾸께!
꼬꽁!
언니!
내 이름은
코코야

만약 이름대로 살게 되는 거라면,
난 오늘부터 널 거북이라고 부를래

거북이는 오래 사니까
넌 거북코야!

너와의 소소하고 사랑스러운 일상만큼,
네 이름은 더 많아지겠지?

우리 아기~
이쁜 아기!

앞으로도 너에게 더 많은 이름을 불러주고 싶어

난 오래오래 너를 부르고 싶어,

정말 오래도록 말야

#21

네가 준 사랑의 조각들

너는
나를 참 열심히도 사랑해

분명 조금 전에도
같이 있었는데 말야

크고
귀여운 울언니가
어디갔지

잠깐 나갔다 와도 한껏 반가워 해주잖아

쓰레기
버리고 왔어
보고 싶었다구!!

내 자신이 초라해 보여서

나에게 실망한 날에도

왜 이제 왔어

넌 항상, 내가 최고의 사람이라고 말해

울 언니는
세계 최고 짱이야!

너의 사랑에 보답하는 건,
너를 더 많이 사랑하기만 하면
되는 줄 알았어

언니한테
이걸 줘야겠다!

그런데 이젠 알 것만 같아

언니 가방에
잘 넣어 놔야지

네가 그토록 사랑해주는 나를,
사랑해야 한다는 것을 말야

가방에
이게 뭐야?

그러니까 누가 뭐래도,
나도 나를 사랑해 보려고 해

이거 코코가
아끼는 인형인데

나 많이 행복해질래,

너를 위해서

다음엔
토끼 인형을 넣어줘야겠어

#22

네가 준 사랑의 조각들

넌 언제나 네 맘대로야

그게 뭐!

때때로 날 헷갈리게 만든다니까?

내가 그렇게 좋아?
나만 쳐다보네
밥죠

나가자고 해서 나왔더니
금방 집으로 돌아가려 할 때도 있지

집에 갈래
벌써?

게다가 산책은 같이 걷는 게 아니라,
응아하는 네 곁을 지켜주는 일이야

망 좀 봐죠

새로 산 장난감보다
내가 벗어둔 양말을 더 좋아하고

내 양말 내놔

앉으라고 사 둔 새 방석은 내버려 두고
내가 벗어 놓은 옷 위에 똬리를 틀지

언니 냄새 조아

처음 본 사람 앞에서 꼬리치며
반가워하는 건 무슨 이유야?

길 좀
물을게요

너는 내 조용한 일상에
작은 틈을 만들어 비집고 들어오지

나는 오늘도 웃어
정말이지, 이 조그만 너라는 존재 덕분에 말야

당연하리만큼 단조로운 일상에 찾아온

내 예측불가 털복숭이,

그런 널 사랑해

#23

네가 준 사랑의 조각들

강아지들은 진짜 바보야

나 말야?

받는 게 없는데도 왜 자꾸 주는거야?

코코야
아는 사람이야?
안녕!

왜 언제까지나 하염없이

기다리는 거야?

왜 화내지도 않고, 삐지지도 않는거야?

언니가 와서
좋아!
많이 기다렸지
미안해

왜 그렇게 많은 사랑을,

주고 또 주는 거야

언니 주려고 모았어

왜 너 자신은 생각하지 않고,
나를 위해서만 살려고 하는거야

난 괜찮아

근데 코코는
하나도 없잖아

터무니없이 주기만 하는
착해빠진 사랑

내가 너한테 그런 사랑을 받을
자격이 있는 걸까?

깨톡!

이 바보 같은 사랑꾼, 이 바보 같은 털뭉치

22:30
가족 톡방
엄마
코코가 언니만 기다린다
지금 갈게!

결국 난 지독한 사랑에 빠져버렸어

이 바보 같은 사랑에

이 바보야,
내가 그렇게
좋아?
언니가
세상에서
제일 조아

#24

네가 준 사랑의 조각들

강아지의 삶이란

마음껏 사랑하고
또 사랑하고, 또 사랑하는 삶

사랑에 빠지길 주저하지 않고

내 언니가 되어줘

모든 마음을 내어주는 것도 두려워하지 않는

이걸
다 주는 거야?
내 온 마음을
줄게

참 부지런히도 나를 사랑해주는 삶

이건 코코 선물!
우와~
커다란 잎사귀

그래서 혼자라고 느꼈던 순간들에도,
돌이켜보면 난 사랑을 받고 있었어

비가 오네?

불안하고 외로운 날들이 있을지라도
결코 우린 혼자가 아니야

혼자였던 내 삶에 들어와줘서

비가 내리네?

네 삶의 모든 사랑이 나여서

코코 왜
쫄딱 젖었어!

네 삶의 모든 마음이

나여서 고마워

무슨 생각해?
언니 생각

3

나를 살리는 너라는 존재

#25

나를 살리는 너라는 존재

이 세상이 싫다고 느껴질 때

언니다!!

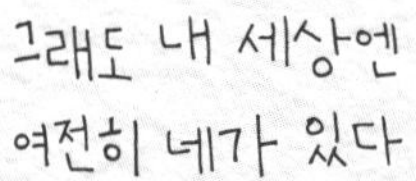
그래도 내 세상엔
여전히 네가 있다

코코 왔어?
안아줄게

난 적어도 이 세상에서
너만큼은 사랑하고 있다

내가
제일 좋아하는
털뭉치

행복이란 내 삶을
사랑하는 것이라더라

언니를
힘나게
해주고 싶어

내 삶의 너만큼은 사랑하고 있으니,

언니가
누워있네

난 너만큼은 행복해질 수 있다

코코야?
내 엉덩이 줄게

날 포근하게 안아주는
그 커다란 온기만큼 행복해질 수 있어

언니 보송보송한 거
좋아하잖아

내 삶에 행복을 가져다주려고
부단히 애쓰는 네 덕분에,

또 줄 게 있어

뭔데?

우리는 정말 행복할 수밖에 없다

언니가 좋아하는
꼬순내
꺄!

그러니 행복은 늘, 네 곁에 있어

고마워 코코야
정말 완벽한 행복이야

#26

나를 살리는 너라는 존재

불안한 생각이 걷잡을 수 없이 커질 때

숨이..
안 쉬어져
언니!
줄 게 있어

나는 집에서 나와 너랑 걸었다
그저 신발을 신고, 너를 따라가기만 하면 되었다

나가자구?
언니, 이거 잡아!

그조차도 하지 못하던,
깊고 어두운 우울이 나를 집어삼켰을 때는

나는 단지,
너를 안고 있었다

따끈따끈한 너를 껴안고 나면
이런 생각이 드는 것이다
어떤 누구라도 괜찮아질 수밖에 없다고

너.. 군고구마 같아

완벽하게 완전한 사람이 있을까?
우리 모두는 어쩌면..
불안한 마음을 애써 감추며
괜찮은 척하며
사는 걸지도 몰라

누구에게나 찾아온다
혼자 소리 죽여 우는 어두운 방구석,
차가운 벤치에 앉아
서러운 마음을 삼키는
순간들

흔들리는 이 혼란한 세상살이 속에서
너는 나에게 다가와
말한다

추운데
왜 왔어
담요
갖고 왔어

괜찮아, 괜찮아
그리고 괜찮지 않아도 괜찮아, 라고

이대로 있어도
괜찮아

너는 나의 치유다

불완전한 나를 살게 하는,

나의 완전한 치유

#27

나를 살리는 너라는 존재

삶이 참 재미없다고 느꼈었다

잼이 없어
식빵은 여깄어

반복되는 일상, 살고 있는 게 아니라
겨우겨우 살아지는 하루들

집, 회사, 집, 회사..
도돌이표 인생이야

이렇게 별 들 날 없는 일상에
네가 찾아왔다

거, 계십니까

너는 별 볼 일 없는 내 삶을 기어코 행복하게 만들겠단다

이게 뭐야?
언니에게
제일 필요한 거

너의 그 귀여운 사랑에
나는 속절없이 넘어가 버렸다

Strawberry
JAM

무채색이고 밋밋했던 내 삶을,
너는 조금씩 포근한 색으로 물들였다

코코색이야
물감이 이거밖에 없는 거야?

내 삶에 너 하나 들어왔을 뿐인데

코오—

난 이 삶을, 살고 싶어졌다

이거 덮고 자

풀내음 가득한 산책로,
포슬한 머리를 보며 걷는 내 발걸음,
손을 뻗으면 잡혀지는 따듯한 온기

이 속에서
너랑 잘- 살고 싶어졌다

우리의 삶이 끝날 때까지,

정말 오래오래

재밌게

잼은
딸기잼!
딸기 조하

#28

나를 살리는 너라는 존재

나는
특별히 좋아하는 게 없었다

너 빼구!
나 안 좋아해?

내 의견을 내지 않는 것, 내 취향이 없는 게
세상에서 날 지키는 방법이라고 생각했다

네가
먹고 싶은 거
먹자!
아무거나
괜찮아!

그런 나에게
너는 정말 내 삶에서 확실히, 좋아하는 부분

멍!

네 덕분에 알게 되었다
나는 보들보들한 걸 좋아하고
아무래도 연한 갈색을 좋아해

코코색
쿠션이네

꾸욱- 누를 수 있는 폭신한 발바닥도 좋아하고,
큼큼한 너의 꼬순내도 좋아해

발바닥 좀
만져보자
싫어

내가 가진 것 중, 너는 제일 이쁜 색

코코 위에
코코다!

이 세상에서 제일 예쁜 동그라미

어떻게 잘 때마다
동그라미가 되는 거야?
코오-

사랑하는 존재에게 취향이라는 단어를
붙여도 되는 거라면, 너는 정말이지 나의 완벽한 취향

언니 메롱!

너를 만나 비로소 생겨버린
너라는 취향은 나의 지극히 평범한 하루들을
지켜내준다

언니 모 만들어?

너는 나의 취향이다

이 세상에서 끝까지 지켜내고 싶은

내가 열렬히 사랑하는

나만의 취향

언니가 솜으로
멍멍이를 만들었어!

#29

나를 살리는 너라는 존재

나는 강해져야 한다

케일이야?
시금치야!
이거 먹으면 강해진대

만약 우리가 가진 모든 걸
그만두어야 할 이유가 수두룩하다 해도,
난 내 삶을 지킬 의무가 있다

이 길의 끝에 무엇이 있는지,
앞이 보이지 않더라도
난 이 길을 걸어가야 할 책임이 있다

내 웃음이

네 행복이 되는 순간들이 많기에

언니
왜 울어?

나는, 행복해야만 한다

나 안 울어

이 삶에 지쳐, 하나둘씩 포기하고 싶어져도
당연하게 흘러가는 일상이 버거워져도

언니
저쪽으로 가자

끝까지 내 옆에 남아있을 너를 알아,
조금도 변하지 않는 사랑으로
내 곁에 있을 거란 걸
나는 알고 있어

우와!
언니한테
보여주고 싶었어

그래서 나는 강해져야 해,
그런 너에게 언제나처럼 변함없는
세상이 되어줄게

나중에
다시 오자!

시간이 많이 지나,
모든 것이 시간 속에
희미해져 다 변해버린다 해도
비바람에 잎이
다 떨어졌어..

여전히

너는 나를 살리는 존재야

그래도 나무는
항상 그 자리에서
다시 예쁜 잎을 틔울거야
응!

#30

나를 살리는 너라는 존재

나의 강아지는
나를 항상 지켜주었다

조그만 게
무지 귀엽단말야
언니는
나밖에 모르는
바보!

밤늦게 들어오는 엄마 아빠를 대신해
어린 나의 밤을 지켜주었고

너랑 있으니
안 무서워
쫄지마!

유일하게 내 동굴에 들어와 주었다

내가 쾅– 하고 닫은 문을
발로 긁어서 나오라고 말해줬고

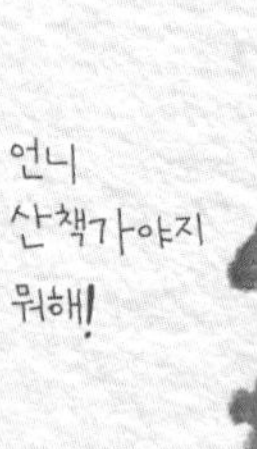
언니
산책가야지
뭐해!

밤늦게까지 일하는 내 무릎에 올라와
내가 잠들기 전까지 기다려주었다

누구에게라도 이해받고 싶었던 그 외로웠던 밤에도,
돌이켜보니 난 혼자가 아니었다

너는 부단히도 나를 연습시킨다
세상에서 나를 지키는 법을

별?
별 보러
갈래?

조금 느려도 괜찮다고
아무것도
없잖아
조금만
기다려봐

넌 언제나처럼 옆에 있어 줄 거라고
얘기해준다
우와
구름이 잠시
가렸을 뿐이야

그래서 난 오늘도 살고 있다,

네가 지켜준 내 많은 밤들 덕분에

찾았다!
나의 별

#31

나를 살리는 너라는 존재

나는 사실 사랑을 하는 게 두렵다

사랑을 시작하고
예쁘게 가꾸어 나가는 건
참 어려운 일이야

내가 준 사랑이 돌아오지 않을까봐 두려웠고
그렇게나 사랑했는데 나를 떠날까봐
무서웠다

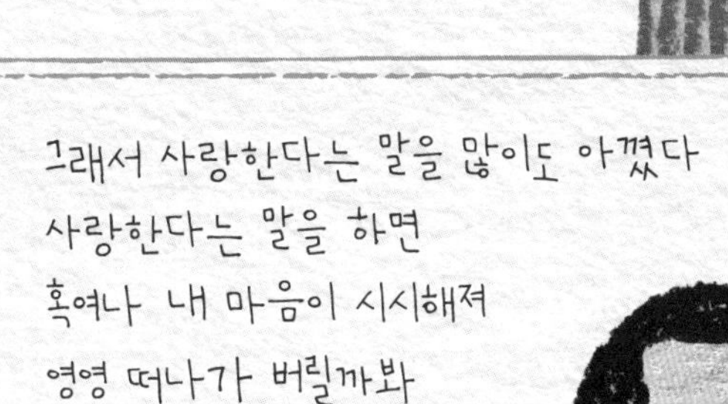

그래서 사랑한다는 말을 많이도 아꼈다
사랑한다는 말을 하면
혹여나 내 마음이 시시해져
영영 떠나가 버릴까봐

나는 사랑에 참 바보 같은 사람이었다

그런 나에게 너는 참 다정한 아이
날마다 나를 향한 사랑고백에 내 마음의 빗장은
항상 허물어진다

그렇게 너의 사랑에 기대어
나는 사랑을 매일 고백하는 사람이 되었다

사랑해
내 강아지
나두

너를 사랑하니
산책길의 초록 잔디도
작은 나비도 사랑하게 되더라
햇살도 바람도 너와의 시간도

그리고 나 자신도

어쩌면 나는..
나 자신을 사랑하는 게 서툴러서
사랑이 두려웠던 게 아니었을까?

사랑에 상처받기 두려워 너에게 숨어들었는데
너는 사랑을 가득 채워
나를 세상으로
돌려보낸다

너의 다정한 사랑은

오늘도 날 살게 한다

너의 사랑 덕분에 나는 조금씩

나를 사랑하는 사람이 되어 간다

#32

나를 살리는 너라는 존재

하루가
참 버티기 힘들다고 느낄 때

난 정말 쓸모없는
사람인 것 같아

너는 내 마지막 기댈 곳이 되어 준다

언니
이쪽으로!

내가 가장 초라하고 작아진 순간에
날 구해주는 너

어서 날 안아!

사실 난 항상, 기댈 곳이 필요해
너에게라도 어리광부리고 싶어

멍
고마워
내 털뭉치

때론 참 신기해
온전한 내 편이 하늘에서 툭- 하고
떨어진 것만 같아서

넌 지금부터
내 언니!

혹시 내가 너무 착하게 살아서
하늘이 준 선물인 걸까?

나는, 너의 하나뿐인 세상

언니
언제 와?

너는,
내 세상의 가장 낮은 곳에서
매일 나를 기다린다
따듯하게
데워 놓을 거야

아무리 생각해보아도
틀림없이
너는 이 세상에, 나를 지키려고 왔다
울 언니
건드리지 마!

내 마음의 마지막 안전지대,

그저 조그마한 너의 곁

#33

나를 살리는 너라는 존재

나는 참 많이 외로웠다

내 마음엔 채워도 채워지지 않는
구멍이 있는 것 같았다

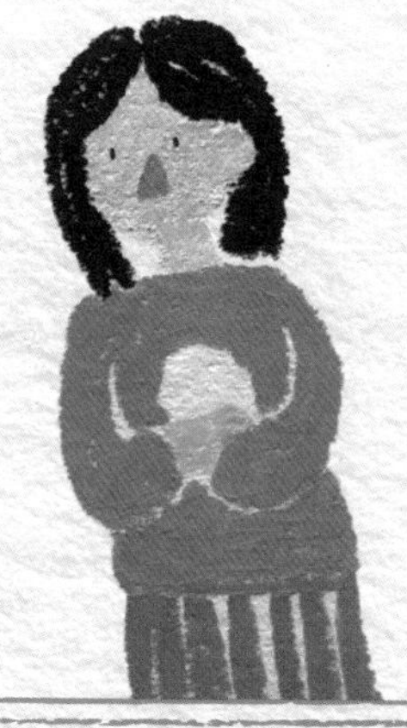

사랑은 언제나 떠났고
사람은 언제나 어려웠다

또 놓쳐
버렸어

그런데 세상에 나 혼자 같았던 순간들에
항상 네가 있었다

힘들었던 시간을 되짚어보니,
내 품을 파고들던 온기와
보드랍게 만져지던 네가 생각이 났다
같이 걷고 또 걸었던
그 길이 생각이 났다

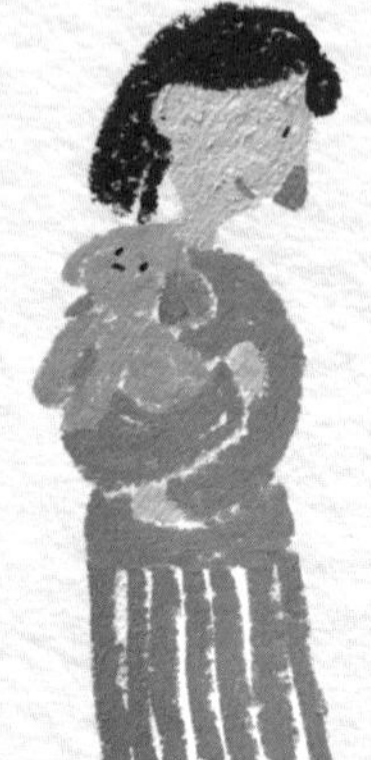

너는 내 외로웠던 순간들을 모두,
너로 채워주고 있었다

어떤 걸로도 채워지지 않았던 내 마음에
네 사랑이 대책없이 스며들었다

넌 정말..
사랑이야!
아니
난 멍멍이야!

너는 나에게 말한다,
이 사랑으로 사랑을 하라고

나
가져?
이거 절대루
터질 수 없는
풍선이야

우리가 시간이 흘러 영영 헤어진다고 해도
이 사랑으로 살아나가야 한다고

보고 싶어..

그렇게 내 생에 사랑이 들어왔다,

오래오래 예쁘게 가꾸고 싶은 사랑이

#34

나를 살리는 너라는 존재

그런 날이 있다

괜찮다, 괜찮다라고

꾹꾹 눌러 말해도

전혀 괜찮아지지 않는 날

그런데 이런 저런 말로도 괜찮아지지 않던 마음이

언니 왔어?

널 끌어안으면 이상하게도
괜찮아진다

아무 말 없이
날 안아주는 것뿐인데

포-근

그 포근한 위로 앞에서 나는 솔직해진다

나 사실 괜찮지 않은데
괜찮은 척 했어
힘들었어 많이

괜찮지 못하던 마음도, 흘러만 가는 내 삶도
모든 게 나 혼자서 감당해야 할 것 같지만
사실 내 곁엔, 네가 있다

멍
기분이
좀 나아졌어

그렇게 때때로 텅 비어있는 내 마음을
채워줄 때가 있다

이 조각을
찾을 수가
없어
나 같은데?

고작 이 작은 털뭉치가 말이다

이거봐
똑같자나
오!

이 털뭉치가

세상에서 가장 포근한 위로를 해주는 건

의심할 여지가 없다

그렇게 너의 그 폭신폭신한 위로로

오늘 하루는 또, 괜찮은 하루가 되었다

#35

나를 살리는 너라는 존재

나는 사랑을 배우지 못한 채 어른이 되었다

지금이라도
공부할래
사랑을
책으로 배울 수
있는 거야?

진심을 다해 다가가, 그 작은 씨앗이
꽃을 틔우는 시간들을 알지 못했다

나 이런 거
잘 못 키우는데..

주어야 하는 사랑이 어떤 건지
알지 못한 채로 어른이 되었다
그래서 힘들었다
사랑이라는 건

그런 내가 너를
사랑하게 되었다

마치 나를 위해 이 세상에 와준 것처럼
네 존재의 이유가 나인 것처럼
나를 사랑해주는 너를,
나도 사랑하게 되었다

너를 사랑하고 나니
사랑이 무엇인지 알 것만 같아

새싹이
말이 들려?
새싹이가
하고 싶은 게
있대

곁에 가만히 같이 있어주는 것도 사랑이고
함께 달빛 아래를 걷는 것도 사랑이야

새싹아
좋아?
새싹이가
달이 보고 싶었대

내가 사랑하는 네가
정말 많이 행복했으면 좋겠어
이 감정은 틀림없는 찐한- 사랑이야

꽃이
피었어!
새싹아
잘했어!

나는 너를 사랑하며,
비로소 사랑을 배운다

뭐 하려구?
땅에
묻어 줄 거야

내가 그렇게 찾던 사랑,

이제 그 사랑 여기에 있다

한 점 의심도 없이

이젠 친구들과 달을
실컷 볼 수 있을 거야

#36

나를 살리는 너라는 존재

강아지가 우리에게 온 이유

난
알 것 같아
뭔데?

우리는 마치 영원히 살 것처럼
이 삶을 산다

막차
놓치겠어

그래서 미룬다
정말 좋아하는 걸, 하고 싶은 걸,
정말 사랑하는 것들도

이거 왜
안 열어?

나중에
열어볼께

이런 저런 핑계로 미루다 보면
어느새 좋아하는 건 저 멀리에 떨어져 있다

언니가
좋아하는 것들인데

그래서 강아지가 우리에게 왔다

언니
갖다 줘야지

한평생 좋아하는 것만 하고 살아도,
생이 짧다는 것을 알려주려고 말이다

매일 언니만 사랑해도
난 시간이 모잘라

그러니까, 우리 좋아하는 걸 하자

어서 그려!

좋아하는 것만 하고 살지 못한다면,
좋아하는 걸 삶에서
잃어버리진 말자

좋아하는 것만 하기에도
이 생은 너무 짧다

코코 너
언니 책상에 올라왔지!
아니?

흠뻑 사랑에 빠지기에도,

온 마음 다해 좋아하기에도

이 생은 너무 짧다

#37

나를 살리는 너라는 존재

나는 지금 어디로 가는 걸까?

털뭉치네?
이걸로 옷 만들어줘

바삐 흘러가는 하루들,
지나가는 시간들 그리고 또 일 년의 끝

언니
또 다녀올게!
뜨개질은?

삶의 목표는 갈수록 작아지더니
하루하루를 살아내기도
때로는 벅차기도 해

언니
왜 울어?

그냥..

그래도 모든 것은, 결국 지나간다

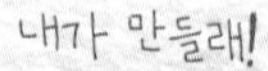
내가 만들래!

우리는 절대 잊지 못할 것 같은
아픈 기억들을 결국 잊었고 고단했던 날들을 흘려보냈다

갇혔어..
코코야!

우리는 우리를 힘들게 했던 것들에서
결국, 조금은 나아갔다

난 아무래도
소질이 없는 거 같아..
할 수 있어!

우리는 결국 나아가게 되어있다
힘들어 어떤 말도 할 수 없었던 그런 순간들을,
아무렇지 않게 말할 그런 날은
분명 온다

눈 온다!

아직도 많은 순간들이,
눈물날 만큼 아름다운 순간들도
우리의 생 앞에 놓여있다

나무가
눈옷을 입었어

그리고 내 곁엔,
어떤 순간에도 내 옆에 있어 줄
네가 있다

그러니, 우리는 어디든 갈 수 있다

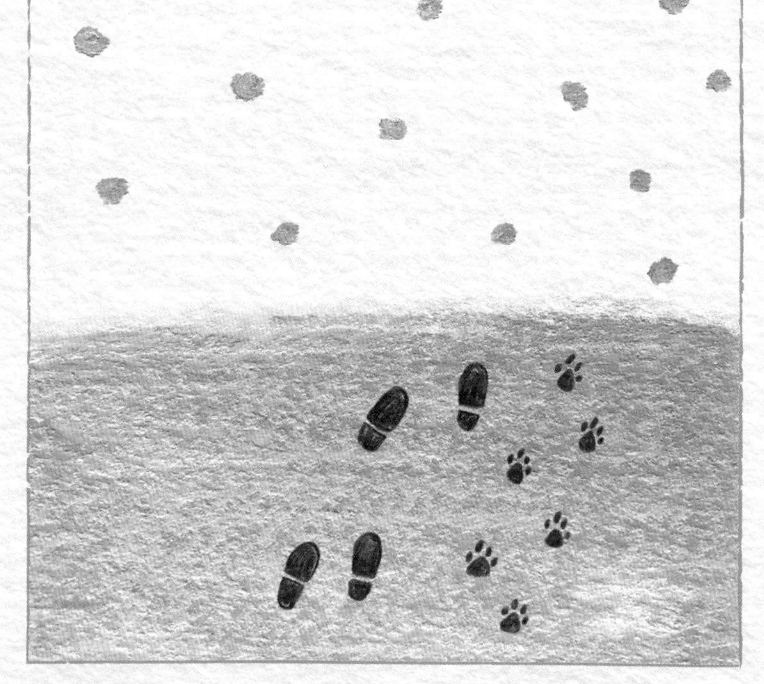

4
우리는 꼭 다시 만나

#38

우리는 꼭 다시 만나

너는
어쩌면 내 첫사랑이었다

어린 나에게 가장 소중했던 너는

나의 보물은?
내 보물은
삐삐

언제까지나 내 옆에 있을 거라고 생각했던 너는

언니 학교
다녀올게

어쩌면 내가 참 열렬히도 사랑하고
또 사랑했던 첫사랑이었다

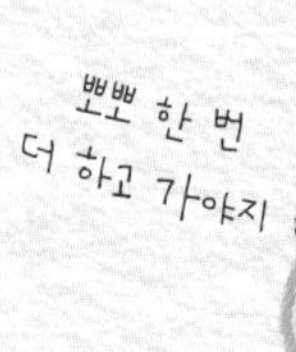
뽀뽀 한 번
더 하고 가야지

그래서 잊혀지지 않고,
여전히 나를 따라다녀

너는 나의 첫 설렘이었고

이제부터
네 이름은 삐삐야!

지나간 모든 시간 속 행복이었고

꽉 잡아
삐삐야

가슴 시리는 슬픔이었고

가지마
제발 가지마

눈물이었고, 고마움이었던

그런 첫사랑이야

맞아, 난 여전히 널 사랑해

#39

우리는 꼭 다시 만나

우리 삐삐가 생각이 난다

내 어린 시절의

처음과 끝을 함께 해준 내 동생

네가 없는 세상에 남겨진다는 건

내 우주에서 가장 크고 밝게 빛나던 별이

사라졌다는 것

나만 환하게 비춰주는
제일 예쁜 별

헤어짐이라는 건 너무 아프고
마음이 저릿해질 정도로 슬픈 거라는 걸,
또 시간이 지나도 여전한 그리움이 있을 수 있단 걸
삐삐를 보내고서야 알게 되었다

그렇지만 삐삐가 꾹꾹 눌러 담아
한가득 채워준 사랑은 여전히 여기,
내 마음속에 남아있다

강아지 일생동안 넘치는 사랑을 우리에게 준 건 어쩌면..
결국 혼자 남겨질 우리를 위해서가 아닐까?

왜 이렇게
많이 줘?
할머니 될 때까지
꺼내서 써

남겨진 게 네가 아니라
나여서 다행이라고,
이 슬픔은 온전히 내 몫이라
참 다행이라고

이 슬픔을 견디는 게 남겨진 내 일생동안
너를 마저 사랑하는 일이라고

나는 그렇게 믿고 싶다

#40

우리는 꼭 다시 만나

나는
사라지는 것들이 두렵다

내가 사랑하는 것들이
사라지는 게 무섭다

무너져도 다시 일어나 살아내야 하는
그 시간들이, 견뎌내야 하는 긴긴밤들이
여전히 너무 두려워

행복한 하루가 지나가면
문득 이런 생각이 들어

우리는 앞으로 얼마나 더 많이
이 평온한 하루들을 함께 할 수 있을까, 하고

난 알고 있어
이 세상에 영원이라는 건 없어

불이
꺼지려고 해

우리가 사랑하는 이 시간들도,
모든 기억들도 언젠간 사라져 버릴거야

내가
지켜줄 거야

그래서 난 최선을 다해
이 순간들을 붙잡을 거야

서둘러!

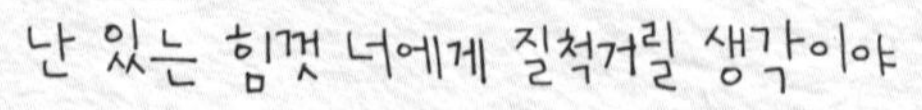
난 있는 힘껏 너에게 질척거릴 생각이야

이젠
안전하지?
더 좋은 방법이
있을 것 같아

그러니, 너도 절대 사라지지마

같이
집으로 가자

#41

우리는 꼭 다시 만나

너는 나의
제일 가까운 죽음이었다

내 품에서 마지막까지 붙잡았던 온기였다

내 가장 예쁜 시절이었고 내 모든 계절이었다

그렇게 너는,
내가 평생 짊어질 후회가 되었다

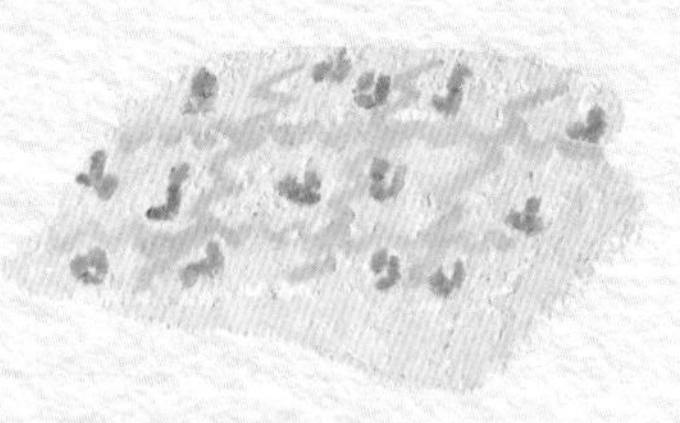

유난히도 공기가 차가웠던 11월의 어느 아침
사랑하는 네가 내 품에서 떠났다

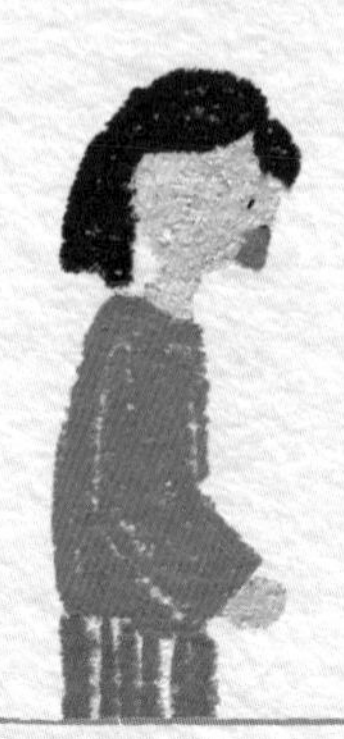

너의 모든 것을 글로 남기고 싶었지만,
떠올리기 힘들어 결국 난 아무것도 적지 못했다
희미해져 가는 기억을 아직도 바라만 보고 있다

미안하고 미안해
혼자 둔 적 많아서, 나 기다리게 해서,
내 옆에 네가 항상 있을 거라고 생각해서
미안해, 정말 미안해

눈물이 없는 나인데,
너만 생각하면 아직도 눈물이 난다
몇 년이 더 지나야 할까
이 마음의 구멍은 몇 년이 더 지나면 채워질까

자꾸만 기억에서 사라지려는 너를
오늘도 나는 가까스로 붙잡아 본다

그냥 단지 난, 네가 보고 싶어

정말 보고 싶어

#42

우리는 꼭 다시 만나

오늘은
보통의 어느 날이었다

밖에
추워?

며칠째 떨어지지 않는 감기에
약을 챙겨 먹었고

콜록콜록

밀린 일들을 처리하느라
몇 시간째 컴퓨터 앞에 앉아 있었다

타닥타닥

내 머릿속은 내일 해야할 일들로,
그리고 미처 끝내지 못한 일들로 가득했다

흐음

잠들기 전, 문득 달력을 보았는데
오늘은 그 날이었다

11
불 꺼야지

네가 떠났던 그 날

너를 떠나보냈던 슬픔이
어느덧 일상에 잠겨 희미해져 간다

늦었다!

잘 지내?
나는 여전히 똑같은 하루들을 살고 있어

오늘 날씨는~

무색하게 지나가는 시간 속,
영영 무뎌지지 않을 것 같던 슬픔도
조금씩은 바래져 간다

오늘은 네가,

내 곁을 영영 떠나버렸던

그런 보통의 어느 날

#43

우리는 꼭 다시 만나

너와의 이별에
아무것도 준비하지 못 했다

제발,
가지마 제발

예정된 이별이었는데도,
네가 내 품에서 숨이 꺼져가던 그 순간에도
소리내어 우는 것밖에 하지 못했다

생이 사라져버린 네 곁에서
내가 해야할 일이 무엇인지 뒤늦게 깨달았다

거기 ** 화장터 인가요?

네가 영영 떠나가던 날,
나는 급하게 집으로 되돌아와
우리가 같이 자던 이불 한 귀퉁이를 잘라
떠나는 너에게 덮어주었다

언니 냄새 맡으면서 가

그렇게 네가 떠나고 난 후,
나에겐 후회가 밀물처럼 밀려 들어왔다

네 털을
조금이라도
잘라둘 걸..

제일 좋아하던
간식도 챙겨줄 걸..

네 유골함을 끌어안고 며칠이고 함께 잠을 잤다
너를 어떻게 보내야 하는지도 생각해 본 적이 없기에
나는 끝까지.. 너와 이별하지 못 했다

또 다시 찾아올,
너와 같은 이별을 난 어떻게 준비해야 할까?

우리가 제일 먼저 준비해야 하는 건,
네가 나보다 먼저 떠난다는 이 사실을
외면하지 않고 받아들이는 것,
그리고 예정된 슬픔을 기꺼이 끌어안으려는
마음이 아닐까

떠나는 널 붙잡기보다
네가 편안히 갈 수 있도록 도와주는 것이,
슬프지만 내가 준비해야할 일

너와의 이별을 받아들이는 그 마음이,

우리의 마지막을 준비하는

첫 과정일 거야

#44

우리는 꼭 다시 만나

만약에
다시 너를 떠나보내게 된다면

사진을 정말 많이 찍어둘 거야
우리가 함께 있는 사진 말이야
우리 함께 치즈~

직면하기 싫어 주저했던,

하지만 미리 알아야했던 정보들도 미리 찾아볼 거야

괜찮은 화장터 찾기
유골함과 수의 알아보기

널 가까이서 오래도록 간직할 수 있는 방법도
미리 준비할 거야

털을 모아서
목걸이를 만들어야겠어

어렵지만, 정말 힘들겠지만..
네 앞에서 울지 않고 행복한 미소도 많이 보여줄 거야
그리고 매일매일 더 많이 사랑한다고 말해줄 거야

내 동생,
내 아가,
우주만큼 사랑해

우리가 하루만큼 멀어질지라도,
켜켜이 쌓인 우리의 사랑은 언제까지나
내 안에 남아있을테니, 이별을 두려워하지 말자고
다짐하고 또 다짐할 거야

우리는 언젠가
다시 만날거야

그러니까 정말 만약에,
너를 다시 떠나보내게 된다면 말야

#45

우리는 꼭 다시 만나

더 많이 사랑하면 아프다고 했다

더 많이 사랑하면,
더 많이 견딜 수밖에 없기 때문에

내가 널 더 많이 사랑해서
내가 더 아프고 싶은데

아무래도 네 사랑이 나의 사랑보다는 훨씬 큰 것 같아,
네가 아팠을 시간에 뒤늦게 속이 상한다

어쩌면 너는 떠나기 전 며칠 동안
내 곁에 있어주려 고통을 참았을지도 모른다는 생각

생이 끝나가는 시간 속에서도
집으로 돌아올 나만 기다리고 있었을 거라는 생각

너의 삶은 언제나 나를 더 많이 사랑해서,
더 많이 견뎠을 거라는 이 모든 생각이
여전히 날 아프게 해

너의 사랑은 끝이 났지만
내 마음에 남아있고
나의 사랑은 아직도 진행 중이야

아무래도 이젠 내가
더 많이 사랑하게 된 것 같아
그러니 네가 있는 그곳엔 아픔이 없었으면 좋겠다

거기서도 네가 날 기다리는 게

아니라면 좋겠다

#46

우리는 꼭 다시 만나

네가
이 세상을 떠난 후

나에겐 끝없는 후회와 영겁의 그리움만 남았다

삐삐가
좋아하는
가을이 왔네

아무리 생각해 보아도 답을 내릴 수 없었어

나는 너에게
좋은 언니였을까?

나에게 한 번만, 정말 한 번만
다시 와 줄 순 없을까?

널 만나면 물어보고 싶어

삐삐야..

너에게 해야 할 말이 있어

삐삐야
있잖아..

나에게 와서.. 행복했어?

#47

우리는 꼭 다시 만나

언니,
나야 삐삐

나는 여기서 잘 지내고 있어
여기서는 아프지도 않고,
매일 뛰어다니고 큰 소리로 짖기도 해

언니는 잘 지내고 있어?
나 보고싶다고 매일 우는 거 아니지?

난 언니가 맛있는 것도 더 많이 먹구,
엄청 예쁜 곳도 산책하고
오래오래 행복하게 지냈으면 좋겠어
나중에 만나면 행복했던 이야기들 많이 들려줘야 해

언니,
우리.. 길고 긴 시간이 지나,

바람도 살랑살랑 불고
따듯하고 예쁜 곳에서 우리, 꼭 다시 만나

고마웠어, 언니
정말 많이 사랑해

언니가 내 언니여서

정말 행복했어

반짝이는
우리의 사랑들

#48
반짝이는 우리의 사랑들

멍멍이 손님을 초대했어요

루이 안녕?
고민이 있다구?
응, 코코야

누나는 내가 좋아하는 것들로
나를 가득 채워주는데..
나는 누나를 위해 뭘 해야 하는지 모르겠어
루이가
좋아하는게 뭐야?
음..
초록 숲길을 누나랑 산책하는 거!
누나 이불 안에 같이 들어가는 거!
따끈따끈하게 누나랑 붙어있는 거!

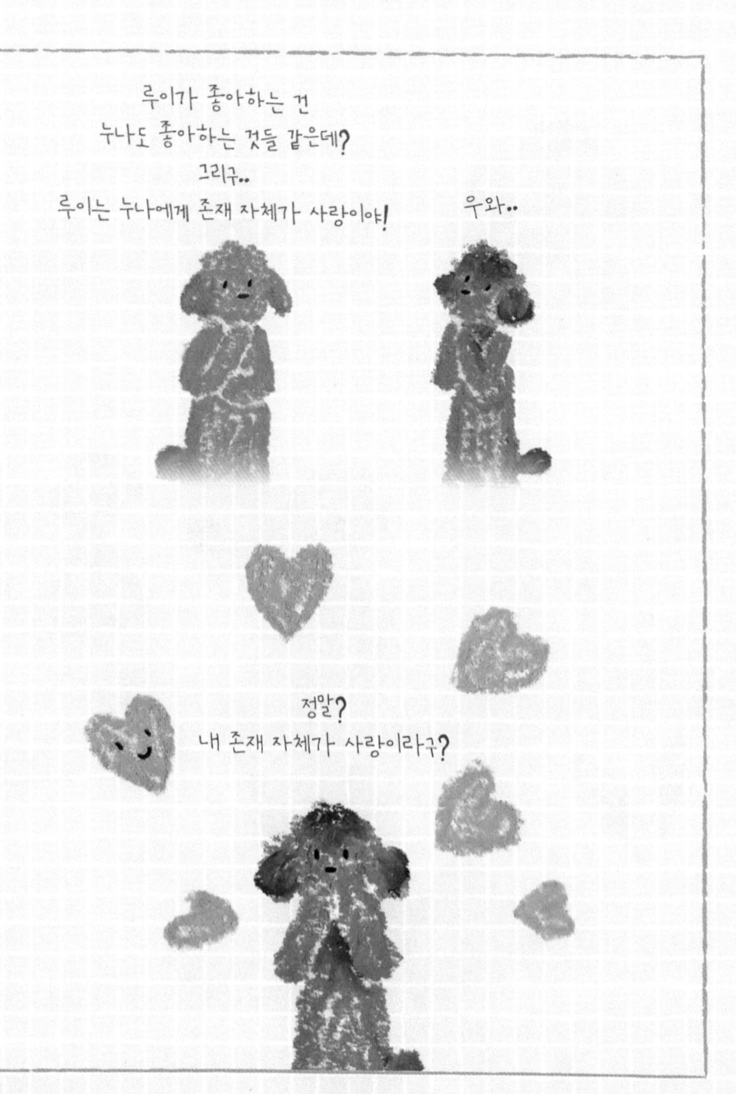
루이가 좋아하는 건
누나도 좋아하는 것들 같은데?
그리구..
루이는 누나에게 존재 자체가 사랑이야!
우와..
정말?
내 존재 자체가 사랑이라구?

그럼, 코코야..
우리 누나도 알고 있을까?

우리 누나도 그 자체로 정말 사랑스럽다구!
나에게 반짝반짝 빛나는 하나뿐인
세상이라는 거 말이야

아 그건..
앗!
누나 왔다! 나 가볼게!

"서로가 서로의 세상인 존재들은
반짝반짝 빛이 난다 우리 모두는 알고 있다"

저렇게 빛나는데
모를 수가 있어?

멍멍이들한테 인터뷰를 해봤습니다

엄마한테
하고 싶은 말 있어?
난 언니한테 할래

사랑해
사랑해
사랑해
사랑해
사랑해
사랑해
사랑해
잠깐만!
멍멍이들아, 사랑해 말고는
할 말이 없는 거야?
사랑해

다른 말이 필요해?

사랑해라는 말은
내가 알고 있는 말 중에
제일 예쁜 말이거든
난 우리 엄마한테
제일 예쁜 걸 주고 싶어!

맞아!
예쁜 건 마음속에
오랫동안 남는대

혹시 내가 사라져도..
언니 옆에 사랑해라는 말이
오래오래 남았으면 좋겠어

우리 누나 퇴근 시간이야!!
서둘러!
멍멍이들아
어디가니!
저기.. 줄 게 있는데..

나 주는 거야?
이거 울 언니 주려고 모았는데
조금 나눠줄게
취재기록
제일 예쁜 건
오래도록 마음에 남아서
강아지는 참 오랫동안
우리 마음 안에 남는다

#49
반짝이는 우리의 사랑들

언니!
내가 좋아하는 거 알려줄까?

coco

지난번에 언니랑 아빠랑
바닷가 간 거 너무 좋았어

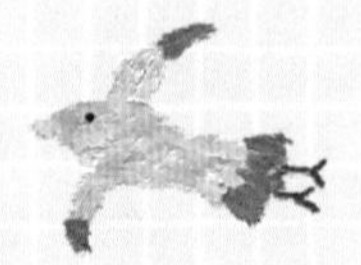

올 겨울 눈이 와서,
눈밭을 신나게 뛰어다닌 것도 정말 재밌었어!

그리구 언니가
달달한 고구마를 줄 때도 너무 좋아!

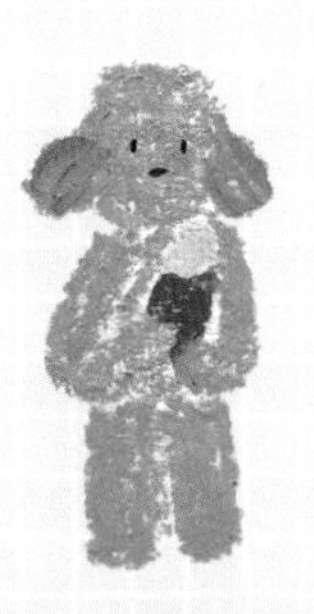

그럼 또 우리 고구마 들고
어디론가 여행을 떠나볼까?

근데, 난 있잖아
언니 옆에만 있으면 다 좋은 거 같아!
바다에 안 가두, 맛있는 거 안 먹어도,
그냥 언니 옆이면 돼

정말?

그러니까 언니,
언제나 내 옆에 있어줄거지?
내가 바라는 건
아무리 생각해도 이거 하나야

난 언니 옆이면 정말 충분해!

#50
반짝이는 우리의 사랑들

그저 네가 좋아서, 너를 그렸다

내 삶의 중심엔 언제나 네가 있어서
네 이야기가 글로, 그림으로 자꾸만 밖으로 나왔다

무언가를 사랑하는 마음은
이렇게도 티가 난다는 걸,
너를 그리며 알았다

이게 모두 나야?

기대되지 않았던 삶도
너를 그리며 하고 싶은 게 많아졌다

여기에
코코 그려야지
sketch

혹여나 나쁜 일이 일어날지라도
불안함과 걱정이 나를 짓누른다고 해도

너와의 삶은
나에게 여전히 선물이야

우리는 모두 다른 삶을 살아간다

강아지와 함께하는 삶, 강아지를 그리워하는 삶,
강아지를 온 마음 다해 사랑하는 삶

살아가고 사랑한다는 것,
어쩌면 이것으로 충분하다 삶이라는 건

사랑해 코코

그러니 이 삶을 사랑하지 않을 이유가 없다

나두 사랑해

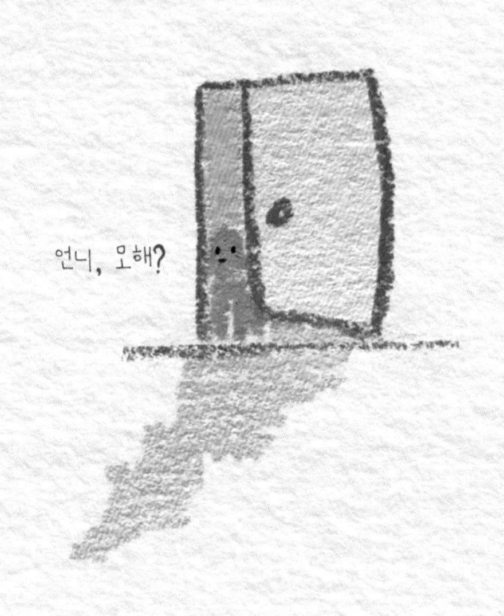
언니, 모해?

사랑은 강아지 모양

너는 나의 모든 사랑이야기

1판 1쇄 발행 2024년 5월 10일
1판 2쇄 발행 2024년 6월 20일

글 그림 유링
펴 낸 이 신혜경
펴 낸 곳 마음의숲

편집이사 권대웅
편 집 조혜민
디 자 인 김은아
마 케 팅 정진희

출판등록 2006년 8월 1일(제2006-000159호)
주 소 서울특별시 마포구 와우산로30길 36 마음의숲빌딩(창전동 6-32)
전 화 (02) 322-3164~5 팩스 (02) 322-3166
이 메 일 maumsup@naver.com
인스타그램 @maumsup
용지 월드페이퍼(주) 인쇄·제본 (주)상지사 P&B

ISBN 979-11-6285-151-7 (02810)
*값은 뒤표지에 있습니다.